달을 배회하다

시로여는세상 시인선 031

달을 배회하다

서정리 시집

시로여는세상

시인의 말

잠에서 깨어

창문을 열고

먼지도 걷어내고

삶을 함께한

모든 분께

고마움을 전합니다

두 번째 봄 길

어우러져 만드는

그 길에 서서

겨울을 배웅합니다

2016년 봄
서정리

달을 배회하다

차례

2부

3부

1부

숨은 빛

홀연히

향내 담아 둔

아 숨겨 둔 꽃술 하나

단아함으로

정결함으로

이것은 찰나의 순간

새벽의 힘

몸소 깨나다

그 꽃

연미 빛으로

흩어지다

모아지다

노랑지빠귀의 고백

이 강물은
도도한 흐름인가

불쑥불쑥 내지르고
겸연쩍어 곁눈질하고

마지못해 답하고는
힐끔힐끔 돌아보고

이만큼 자랐나
가슴 한켠 내주고

잠을 청하려 하나
아직 난향이 그윽하다

꿈인가
달에 머물러있는 달무리
〈

하지의 밤은
물소리보다 깊어가고

내 외로움
아직 외딴 마을 감돌아 가네

그 끝에 도착하는
집 한 채

달을 배회하다

잠시,
달의 속으로 날아 들어가
메밀꽃을 하얗게 피워보고
목화솜 송이도 보드라웁게
보드라웁게 부풀리다
반 뼘쯤 세상 밖으로

어느
허름한
사월의 밤
스믈 스믈
어수룩한 별이
풀피리 불던 언덕에
봄바람 타고 내려오다
스르르륵

휘파람새는 저 먼저 꽃잠 들고
〈

그 여자와 그 남자
두 사람의 인연을 누가 알랴마는

달을 휘몰아 가는 달그림자의 무리다

책 읽는 여름

조심스레 한걸음 떼고
밤사이 꽃들은 안녕하신지

사각사각 신문 넘기는 소리
세상은 무탈하신지

빠끔히 열린 틈새로
얕은 숨소리

외딴 방 지키는 마알간
별 하나

별보다 더 먼 저편
오랜 시간을 거슬러 온

열릴 듯 열릴 듯 반쯤 잠긴
어느 빛, 책장을 넘기며

대신할 수 없는 슬픔으로
그대 깨어나셨는지요

목 백일홍 핀 언덕

숨죽인 망초는 바라보는가

길섶 남보랏빛
덤불 숲, 영롱한
별꽃 별꽃 별꽃
기억하리라
이 다정한 평화로움을

애잔함이
지치도록

한참 동안
떠 있는 꽃

그 속살에 숨겨져 있는
고요함 속으로

꿈꾸는 봄

섶섬 쪽으로
짙푸른 향나무
추억하는 그

유채꽃 일렁인
햇살 한 줌
묻히는 그

*높고 뚜렷하고
참된 숨결 나려
두북두북 쌓이고
철철 넘치소서

* 화가 이중섭이 유일하게 남긴 시 「소의 말」 중에서.

시인

그날이 오면

갸우뚱갸우뚱
한쪽으로 치우치다
신호등 건너
수레바퀴 아래서
푸른 나무들
연두 버들잎
창문 열어 놓고
구름 따르다
바람 따르다
햇빛이 가득한
작은 마을에 아직
유년의 하일러,
그가 사는가

그가 원하는 대로

노란색 프리지어

굿 눈,

너를 찾는 사람들
발걸음이 바쁘다
오롯이 열정으로
일어나라
아쉬움은 섯
은은한 향기로
꽃망울로 똑똑
눈물방울로
시릿한 사람의 마음이 열리고 있다

햇살의 따사로움으로
싱그러움으로, 렌

성에서 내려와

흰 구름 머무르는 곳에
언덕배기 즈음에
푸르름
어디쯤 닿았나

어젯밤 여름 달은
부풀었노라
알알이 부서진
새콤 쌉싸름함이여

물결치는 마을아
그리움 두고 가마
간이역에서
이별을 써내려가네

여름의 감촉과
청아한 종소리와
연가와의
조우

섬 쪽으로

일상의 나날
나태함까지 밀치고
낯선 기억 찾기
낯선 바람 쐬기

닿고 싶은 섬은
길 뒤쪽에 있다
꽃 숲에 갇힌
그 섬 집 아니다

멧노랑나비가 있고
솔방울 나무가 있고 대신
붉은따오기랑
친구가 되는

그때
그대 앞에서
나지막한 휘파람
불다

빛이다

한 줄기 희망은

고요
닿을 수 없어
어둠 속
공포는
수만 년 얼어붙어
차가워진 심장이다

더 이상 갈 수 없다
내려설 길이 없다

당신의 신호를 기다릴 때
기다린 시간처럼
다가오는 빛처럼

호수 마을

먼 나라
안개 젖은 성곽은
몽롱함,

감싸 안고 돌아선
잿빛 구름은
비켜서라 한다

신비로움으로
아름다운 마을이
눈앞에서 선을
그리고 있다
점. 점. 점
물방울로

다시 지우고 있다

백야

파아란 하늘이 흰 꽃 구름과
춤출 때

붉은 장미 송이송이
넵스키대로*를 걷고 있을까

자작나무 숲
붉은 광장에서

참새 언덕을 지켜보는 중
여름밤이 하얗게

순백의 신부도
하얗게

*넵스키대로: 러시아 모스크바에 있는 거리 이름.

첫사랑

고와라
꽃 댕강 꽃

후끈 달아오른
향기는
차가운 입맞춤

호흡 맞춘
팥과 얼음은
달콤한 추억

한여름 낮의
애틋한 포옹은
꿈

맑아라
흰 눈꽃 같아라

난초

시간을 젖히면
차곡차곡 쌓인
장마
햇살에 널다

맑음
또옥 떨군 잉크색
물방울은 그녀,
한 점의 수채화

가만가만
볼륨 낮추고
신비한 방벽*
그윽이

닿은 길은
무지개다리
저쪽, 알맞게

비 개인 오후

*신비한 방벽 : 프랑수아 쿠프랭의 클라브생 모음곡 6번.

아침 산책

동틀 무렵
느릿느릿한 걸음으로
호수를 따라 걷는다

숨이 차게 오르기도
숲길 헤쳐 한동안
귀를 여는 바람 소리

더러 후미진 길로
잘 못 들어서기도
바삐 가던 길 되돌아
내려서기도

가을
꽃 진자리 계단 옆
햇살 한 줌 내비치는
하늘
나무 위로 나무 위로

둥지 튼 작은 새는

아직도 따뜻한
그녀를 생각하다

소월 길

그 길
은행나무 노랗게
쏴아악 쏴아악
까마귀 울음 우는
늦은 길 걷네

언뜻 마주한
아기 다람쥐
샛길 밟는다
사각 사각 사각
그 길

*산에 피는 꽃은
저만치 혼자서 피어있네

혼자가 아니라서
저 혼자 길이 걸어가네

*김소월의 시 「산유화」 중에서

2부

9월의 편지

저녁 빛에 온몸을 적시며
로렐라이 언덕을 바라봅니다

삶은
출렁거리며 흐르는 것

한없이 초라해질 때
바다를 보았다고
당신을 만났다고
소리치기도 했지만
어제는 잠깐 후회를 했습니다

무릎 꿇고 기도하던,
등 뒤에서 빛났던
세월의 둔덕이여

술렁이는 마음을
당신과 나누고 싶습니다

〈

당신보다 먼 편지를 쓰며

창포원

먼발치 그대
누구의 눈부심인가요

한낮의 아우성은
누구의 목마름인가요

느티나무
보랏빛 그늘 아래

붓꽃,
여름 기억으로 핀.

도봉산 끝자락은
낮달을 품고

그것을 화폭에 담아
붓으로 그리고 있습니다

국화 분

올망졸망한
눈들
설핏 수줍게 물들고
얼핏 사랑은 설레며
숨죽여 기다려온,
삐죽 튕겨 나온
연보랏빛 꽃망울은
덤으로 얻은 한 줌
향기

이제 집으로 가는 길이
어제보다 쉬워졌습니다

시월애

자줏빛 한 아름
질편한 옹기에 안겼네
은근히 묻어나는 체취
당신
절로 절로 농익어 가는데
더덩실 쿵더쿵

한 발짝 한 발짝 내딛은
세월의 흔적
어느결에
나의 잔잔한 무늬 되어
서편
시월이
가만히 노을빛을 끌고 갑니다

길 따라

단청을 바라보며
가까이 다가서니
굴참나무 아래로
까치는 통통통
다람쥐는 빠르게
눈망울을 부라리며
줄달음질치는데

연보라 벌개미취는
귀엣말 서로 나누고
저만치 할머니
이슬 젖은 갈 볕을
허리춤에 채우다
길 따라나서고

붉디붉어 산수유
풀빛에 머물고
세상으로 가는
푸른 그늘이 생겼습니다

은행나무 아래 서다

아
누구던가
일순간
함석 대문 열고
모퉁이 돌아
분수대 솟구친
솔밭 길 따르다
가득한 향기
코스모스의 기억

꿈
우정
그리고 선생님
그 푸른 미소 속
술렁이는 금빛
이것은 금강 물결인가

그리움이
한동안 저곳에 서성거리며

부리도의 하루

화냈던 어제
삭히지 못하고
이 아침
천천히 지나가며
성심껏 문 열고 들어서는
감당할만한 가을

은행나무는 바람결에
한껏 물든 잎을 노오랗게
발아래 내리고
우리들 가슴, 가슴
수북이 수북이 사랑은
쌓이고

그 뒤에 빛, 서 있네

가을 연가

단풍나무 아래 물드는 바람

숲을 떠나는 새들의 날갯짓

나무 의자에 내린 햇살의 정겨움

길섶은 온통 하얀 구절초 꽃

언제쯤 와 있었을까

노을보다 먼저 있는 당신

오후

나지막이 비스듬히
누르스름 붉으스름
푸근하네, 따스하네

뭉클하게 마주 보는 나무들
나무는 잎 지고
꽃 지고
모든 것 다 지고

목책 길 따라
양산 든 여인의
웃음소리는 환하다
장미 든 숙녀는
눈부시다

저 나지막한 구릉
은빛 억새 소리가
서럽다

기억나지 않을 듯이
기억 날 듯이

소슬바람

기억 날 듯 말 듯
그의 이름이 떠오르고

햇빛이었어라
그늘이었어라

간결한 목소리
살가운 눈매

조곤조곤 전하고
새들은 정갈하게

덤불 숲,
편편한 그루터기

단풍 몇 잎이
바람의 무늬를 만드네
〈

부치지 못할 연민처럼

그의 안부처럼

귀가

채비를 마치고
별들 잦아든
새벽녘
온기 가득 찬
그 집
문 열리는 소리
댕그렁 댕그렁

무사히 돌아오라

매 같은 눈으로
세상을 향하여
발걸음 힘껏
또박또박 내디디고

무거운 가방을 들고
가방은 나를 들고

서리꽃 흔적

불시에 사라질까
한때 1초 1초
허투루 쓸 수 없어
우리의 어리석음
비루함까지 낱낱이
그가 지켜보고 있다

카랑카랑한 소리로
곧추세운 등, 허리
숨 돌릴 틈조차 없다

그냥 쉬어라, 걱정하지 말아라
모두 사라질 때까지
흔적까지

가을비, 떠나는 소리

아프고 아름다웠던
슬픔의 조각조각
물기 머금고
조용히 웃는
매혹, 모호한
현기증은
침묵의 소리

매미 울음이다
뜰 밖 귀뚜라미다

어둠 속 날갯짓은
위험한 경고음
날개 돋친 귀다

은밀히 짐 꾸리며
가을비 떠나는 소리

이별과 만남 사이

기나긴 그림자
된서리 맞은
국향
첫눈이 오시려나
먹색 하늘에는
살얼음이 끼었다

새들 떠나간
상수리 숲

어린 남자가 울고 있다
착한 여자의 주검 앞에서
어린 여자도 울고 있다
국향도 따라 울다
그 사이에
또 있다

면회

돌아서는 길은
어둑어둑하고
구불구불하고
멀다
저 굽은 길을
한나절
우리 함께 서다
마주한
눈가 촉촉해진
여린 마음은
떠나지 못하고
혹, 돌아보려나
산그늘
점점 멀어지는
비인 나무
잔설 같은 너의
온기
산길에 남아있어

11월의 편지

떡갈나무 잎새
달빛은
설핏 푸른 옷 걸치고
문 두드립니다

꿈인가요
먹빛 하늘을 가르며
쏜살같이 획을 긋는
저 별똥별
아직 귀가하지 않은 이
기다리는 밤
쓰여 지지 않은 시를
쓰고 또 지우는 밤

머언 이들에게
나직이 안부를 묻는
사람이 사는 밤

정든 길

돌고 도는 길
진저리친 적 있지만
구관이 명관이라고
늘 말씀하시던 어르신

그립다
그 길에
야들야들한 손맛으로
칼칼함을 한 숟갈 얹어
고샅길 돌아 모락모락
쑥 꽃잎,
연잎,
솔잎,
문득 향기

어디선가 그 향기
낯이 익다

3부

눈 내린 저녁

자작나무 사이로 난
언덕길을 걸으며

담장을 하얗게 덮은
나직한 음성으로

고요히 지붕에 쌓인
포근한 음성으로

연인들 어깨에 앉은
달콤한 음성으로

거침없이 내달리는
바람의 음성으로

모자 쓴 노인의
조심스런 음성으로

온기로 스며드는

아버지의 목소리로

소복소복 빈 뜰에 내린
어머니의 자장가로

보얗게 불 밝힌
간절한 기도

자작나무 사이로 난
눈길을 지우며

겨울 벤치

눈 쌓인 저물녘
황매화
빈 가지

저 언 땅
산철쭉은
엎드려 숨죽이다

잿빛 하늘 틈새
번쩍인 빛
까치집에 쌓이는

이제 태어나는
어린 눈송이들이
토 옥 토 옥

화롯불

겨울밤
따끈따끈 덥혀지기를
기다리던 시간
기적 소리
키 높이 키우던,
눈물 떨구던
골목길
어두운 골목길에
소복소복 하얀 눈
등불 훤히 밝힐 때
"메밀묵 사려"
발자국 옮기는 소리
그때 그 집 앞을
지나가는 소리
멀리서 사그라지는 소리

세밑 풍경

따뜻해져야지

구원의 종 울리는 손을 보며
한 잎 맘을 톡톡 털어
자선냄비에 넣는다

저문 을미년
서울은 포근한 눈을 덮고
서로 따뜻해져야지
모두 따뜻해져야지

기다리는 저녁 길
길을 만들어
얼른 가야지

모퉁이 길

새 소식을 기다리는
간절함으로

허름한 기억
아린 사랑은

어느 목회자의
지혜로움으로

빛바랜
고달픈 이야기

어지러울 때
그때

모퉁이를 돌아
띄 엄 띄 엄

편지를 쓰다
어린 왕자에게

아차산

분에 넘치네요
용마봉까지
오르는 길
한강의 수려한 풍광이 뒤따라오는데

내가 지나쳤나요

옛날 옛적
허물어진 성벽에
맥문동 꽃 숲 일군

창밖, 훈훈하게
겨울비 맞이하는
아차산로의 밤

당신의 밤하늘은
별일 없는지요

따뜻한 사랑

굿 애프터눈,

부슬부슬 비는 내리는데

블랙티로 찌뿌둥한 것을
카모마일의 상쾌함

문득,
감잎
바스락바스락
다락에 숨겨 둔
비밀 같은

설렘은
은근히 우려낸
몇mm 몇mg으로도
코끝을 적시고
뭉클함으로

너를 건져낸다

티백 같은
손끝의 온기
그것을 만지네

박물관 길

나들길, 참 좋다

그대를 사랑하기에
부족함이 많지만
단 하나
그대를 기억하고
가끔씩 곱씹고

그리워서
바람 부는 날

처음 팽나무
심장에 꽂힌
화살 한 촉
가리키는 방향

그곳으로
가는 희미한 마음

솜다리꽃이 서랍에

아니지, 언제나 꽃이고
늘 몸 사린 순정

설악, 에델바이스
그다

툭,
솜털이 바스러지네

동짓달도 끄덕이며
배시시 웃네

풋풋해서 고왔지
그럼 그렇지

까치집

천천히 되살아나는가
여름날
진분홍 배롱나무의 절경
가을 달빛에 취해있던
국화 향기가
추억으로 피어오를 때
희망찬 봄을
하얗게 터트리고 갈

누가 저곳에 올려놓았는지
저기는
꿈꾸는 집이다

청매화

시려워 시려워
꼭두새벽은

어둡네 어두워
좁은 길이라

서럽다 서럽다
저 높은 곳으로

목 빼고 보는
투정 어린 기도

눈길로
토닥토닥토닥

어깨 너머 배우고
익히는 새길

오! 나무네

그래요
향백 나무예요
갈 수 없지만
그립고 그리운
그곳,
니네베 궁전에도 살았던

나를 키운 햇살과 바람
모두 떨치고 일어나

나는
주인님을 맞이하고
보내기도 하는
등받이 의자예요

밤새 걸어서
여기까지 온

물푸레나무

눈 쌓인 겨울 저물녘
바람 소리로 울던 나목

달려온
뒤안길에서
깊이 더 깊이
묻어둔 말,
미소
맘껏 웃다
여름,
햇살 타고
푸르러 푸르러
무성한 숲은
어깨를 맞대고

수수꽃다리가
노을빛으로 물들다
〈

당신의 뒷모습처럼
걷다가 멈춘 물푸레나무여

자금우, 2012

축복합니다

굴곡진 삶의
마디마다 마디마다
빨강 열매로 매달리고
곱게 고운 마음 묶어
응원합니다

딸의 힘으로
간절히
아들의 힘으로
늘 푸르르길
우리의 아버지
우리들의 영웅

사랑합니다

그림엽서

굿나잇,

짧아진 목은
더 짧아지고
콧등은 붉으레
입술이 두툼하고
눈 오는 밤
그림은
최대한 후하게
눈썹 그려
미완성인 채로
벽에 걸어 놓은
2016. 1.
붉은 원숭이가
전하는 말은
나긋나긋한
안녕

아름다운 나무

가만가만
올려보아요
손 시린 하늘에서
하얀 꽃송이 내려
똑똑 두드린
좁은 문이에요

조용조용
들어 보아요
고운 숨결은
차가운 바람이
휩쓸고 떠난
젊은 느티나무예요

이른 소식 두고 간
첫봄 같은

두 번째, 봄 길

굽어진 폭포에
드높은 오솔길

나지막한 성당의
갈림길

햇살 아래
담소를 나눈 길

내리막길 따라
기도하지요

검은 숲의 하루는
진짜 봄이야

뻐꾸기의 마지막
잘 가라는 인사

떨림,

허공에 걸어두고

4부

내가 좋아한 고욤 꽃

감나무와 후르룩 결탁한
간이 큰 여자

달빛인양
별빛인양
두 손 잡고

매일매일 이혼하듯
땡감이네
단감이네

오늘 또 하루
아줌마로
아저씨로
한때는
야심 찬 그들의 전성시대

달달한 사랑

커피 알갱이와 함께한
설탕의 존재감

둘이 맞든 백지장 정도의
무게감

한 귀로 듣는 타이밍의
절묘함

달콤한 것은
사랑하기 힘드네
미워하기도 힘드네

소리 없이
녹아버리는 소리처럼

핑크빛, 퍼즐 맞추다

끼리끼리 짝 맞추니
더 신통할 수는 없다

생각의 조각조각들
더 비뚤거릴 수는 없다

한 줌 개미허리라
더 요염할 수는 없다

부쉈다 지었다
다시 부수고

끝내 찍지 못한
까만 점은

그 눈동자의 영혼이다

비모란 선인장

홀로인 사랑은
아프고
서투르고

바람 언덕에서
별 찾아
꽃 피울

비밀이다

둘이서
작당해서
잎이 된 가시
모란이 된 별

소금사막이다

내 사랑은

두 사랑이 있었다
한 사랑은 사랑하기에 떠난다 했고
또 한 사랑은 사랑하기에 남는다 했다
그땐 알 수 없었다

한 사랑은 남아 생활이 되고
또 한 사랑은 남아 시가 되고
그 두 사람을
그땐 알 수 없었다

돌아와서야
이제서야 그 사람을 찾았다

아직 사랑은 끝나지 않았다

깨알 사랑

톡톡 튄 말씨
향긋한 분내
오 웃음 끼
애첩이랑

솔솔 뿌린 사랑
그대로
텃밭에 있었네
까맣게 남아 있었네

초록 매실 담그다

큰일이다
물꽃이 폈다
닫힌 마음도 사알짝
슬며시 열어 보니
동동 떠오른 어설픔들
보글보글 끓어오른
선부름
조금씩 조금씩
조심조심 건져내고
그늘 따라 옮겨주고
아
손끝의 달착지근함은
오월의 기분

푸름

짭조름하게 사알살
누름돌 아래의 아픔
울툭불툭 모난 과거는
옛말, 동글 납작 살고
새콤달콤 맛깔나게
식탁 위에 핀
노란색 꽃송이

깐깐함으로 단연코
지혜로움으로 넌지시

오늘의 행복은
산뜻한 오이 빛깔

취암동 길

가랑비
기억 저편으로
물젖은 그리움
뚜벅뚜벅
시간의 문 열고
은은한 꽃잎
조용히 쌓인
아침
돌다리 건너
발길 뜸한
뒤뜰로 가는.
천천히 천천히
흙길을 밟으며
옛 친구 만나러
나무 곁에 서다
향긋한 연분홍
천천히 천천히 오는
오얏꽃 같은

밤꽃

날고 싶어라
짙푸른 산속에서 위로 맘껏
모자 쓴 여자는
머루 알 따고, 뻐꾸기 울음
수시로 가슴에 들락거리는데
다래 덩굴마다 얽히고설키고
늦봄

오늘은 그 냄새가 익어
산을 넘고
들을 지나
유년을 건너온다

시계꽃

순한 눈매까지
울안, 절세미인

요리조리 꿰찬
은은함

밖이 훤하네
조신한 걸음으로

진짓상 올리는
아침마다 피는

그녀는
잔잔한 사랑

째깍째깍
시계처럼

〈

멀리서 들리네
귀에 머물러있네

웃음꽃 피우기

시원스럽게 한바탕
뽀드득뽀드득 빛나는
포올 포올 날리는
고단함인가

점점이 주름 꽂은
호랑나비 떼인가

어머니
엄마, 그래 엄마라서
숨차게 닦는 힘,
그 힘으로 흙 밑
수세미 덩굴을 지붕
처마 끝까지 올리고

창호지에 어리는 웃음처럼

보라 사랑초를
쓰다듬어 기르시다

초롱꽃목

살고파라
우아한 장미보다
혀 꽃

들꽃 중 미인이요
갈꽃 중 으뜸이라
외로워도 쿨 한 듯
넘실넘실 산들거림
걱정은 바람결에
말끔히 씻어낸 후
분홍
슬쩍 슬픔 묻히고

친구 따라가는
코스모스
하늘하늘

원두막

보랏빛 우아하게
아욱은 머쓱하고
깨꽃이 앙증맞네

소나기 마을 앞
민달팽이님
마실 길 나설 때쯤
땡볕 아래 고추는
발끝으로 서고
폴짝 산청 개구리
초록 모자 썼네

흙 내음 맡고
감자알은 점차로
굵어지리라
땀방울 닦는 바람

지금

허수아비님이 담뱃대 물고
혼자 원두막 지키시다

할미꽃

움푹 꺼진 눈
군데군데 흠집
처진 듯 입꼬리
사랑합니다

어둑어둑한 듯
자두인 척
화색이 돌고
붉기도

이제는 가까이서
이따금 만나는
허연빛으로
할미

외가 가는 길

산 너머

굽이굽이 돌아 시오리

망초꽃 흐드러져

눈물 납니다

산 너머 외할머니 집

망초꽃 감자꽃

오늘은 그 길에

햇살이 먼저 지나갑니다

묘지의 꽃

넉살 좋은 볕
사뿐히 밟고
진달래밭에 누우시다
힐끗, 되돌아보며

유언처럼
짤막한 말씀
'앞이 탁 트였네'
그곳으로 가
술잔 올리다

차례차례
참나무 밤나무
수염패랭이꽃
쑥꽃
덩굴 콩
햇살
바람

무릎

환하게 펼쳐놓고

시간의 저편, 뮤즈의 선율

박 수 빈
시인. 문학평론가.
시집 『달콤한 독』 『청동울음』. 평론집 『스프링 시학』 등. 현재 상명대 출강.

시간의 저편, 뮤즈의 선율

박수빈

서정성을 근간으로 서정리 시인은 시 세계를 펼친다. 작품들을 통독하고 보니, 마치 뮤즈가 찾아와 읊조리는 잔잔한 선율 같다. 생의 여러 굽이를 지나 여기에 오는 동안, 시인은 얼마나 많은 희로애락 들을 조율하며 살아왔을까. 쌓인 연륜은 가을날의 단풍 빛으로 물들어 시적 대상을 관조의 시선으로 사유하고 있다. 그래서 그런지 이번에 태어나는 시집이 시문학의 끈을 놓지 않고 열심히 살아온 자신 스스로에게 주는 선물 같다.

일상을 소재로 다루는 그의 많은 작품들은 친근하게 다가온다. 하여, 이 글은 편안하게 감상하도록 담채화를 닮은 시에 긴 평설로 덧칠을 하지 않고, 작품 성향과 내면의식을 살피는 안내의 차원에서 진행을 하려고 한다. 우선 1부에서는 음악으로 공감을 나누는 시편들이 눈에 들어온다. 2부는 아픔을 승화시킨 사례들로 공유하고 있으며 3부는 겨울 속에서 다음 겨울을 준비하는 이야기들이 솔깃하고 4부는 감사의 마음으로 사는 여러 시편들을 배치해 놓았다. 이로써 시편들의 중심코드는 생사고락의 연장선으로 궁극에는 정다운 어울림을 지향하는 것을 알 수 있다.

이는 생의 비의를 "홀연히" 「숨은 빛」에서 발견하고부터 비롯하였을까. 시인은 "향내 담아 둔" "꽃술"에서 "단아함"과 "정결함"으로 연결하며 뮤즈의 세계와 교감하다가 표제 시로 맥을 잇고 있다.

잠시,
달의 속으로 날아 들어가
메밀꽃을 하얗게 피워보고
목화솜 송이도 보드라웁게
보드라웁게 부풀리다
반 뼘쯤 세상 밖으로

어느
허름한
사월의 밤
스믈 스믈
어수룩한 별이
풀피리 불던 언덕에
봄바람 타고 내려오다

스르르륵

휘파람새는 저 먼저 꽃잠 들고

그 여자와 그 남자
두 사람의 인연을 누가 알랴마는

달을 휘몰아 가는 달그림자의 무리다

― 「달을 배회하다」 전문

　화자의 희원은 뮤즈가 되어 "달의 속으로 날아 들어가"는 것이다. 이때 "메밀꽃"과 "목화솜송이" 즉 하얀 색채이미지를 연상하는 것으로 보아 순정한 느낌이 든다. 이는 「숨은 빛」에서 추구하였던 "단아함"과 "정결함"과 일맥상통하는 면이다. 그러다가 "어수룩한 별이" "봄바람 타고 내려오"며 "휘파람새는 저 먼저 꽃잠 들"어 버린다. 여기에 안타까움이 있고 달을 배회하게 되는 연유가 발생하는 것이리라.

　시집을 관통하는 서정리 시인의 정서는 다정하고 감응을 희구하며 상대에게 다가가고 있다. 예를 들어 「섬 쪽으로」에서는 "일상의 나날/ 나태함까지 밀치고/ 낯 선 기억 찾기/ 낯 선 바람 쐬기"라고 표현을 한다. 또 「난초」에서는 프랑수아 쿠프랭의 클라브생 모음곡 6번 "신비한 방벽"을 차용하여 "시간을 젖히면/ 차곡차곡 쌓인/ 장마/ 햇살에 널다"는 구절로 대변하

였다가 "맑음/ 또옥 떨군 잉크색"으로 변주되고 마침내 "물방
울은 그녀/ 한 점의 수채화"로 물무늬로 그리는 시편이 완성
되기에 이른다.

이렇듯 시인의 따스한 마음과 섬세한 감성은 대상과 동화된
다. 많이 등장하는 꽃 이름과 풀 나무 이름들에게 감정이입이
되고 있어서 확인된다. 그녀는 또한 메시지를 은유와 상징으
로 에둘러 말하려 하지 않고 정직하게 노래하는 편이라서 고
독, 슬픔, 우울, 세월, 상처에 따른 기분들이 진솔하게 드러난
다. 예컨대 「9월의 편지」에서 "로렐라이 언덕을 바라"보는 화
자가 등장하는데 "삶은/ 출렁거리며 흐르는 것"이라며 "후회"
하는 감정이 여과 없이 노출되는 사례를 들 수 있다.

형식면에서도 "시는 사물의 인상을 최소화로 응축시킨 것"
이라는 허버트 리드의 말을 따라서 짧은 시를 선보이는 경향
이 있고 기저에는 군더더기 없는 담백함과 휴머니즘이 깔려있
다. 이번 시집의 많은 분포를 이루는 '그리움'에 해당하는 작
품들은 인간미 따스한 주제로 귀결이 되고 있다. 이때 사물을
직관력으로 보고 느낀 마음을 조촐하게 엮어낼 뿐만 아니라
추억으로 넘나드는 시공간을 접하게 된다.

'그리움' 다음으로 활용되는 시어는 '추억'으로, 지나온 시
간의 추억을 용해시킨 시편들이 포진하여 있다. 이렇게 '그
리움'과 '추억'이 짝처럼 함께 시상을 펼치는 게 참고할 만하
다. 추억은 현실에서 과거의 잊지 못할 시절이나 특정한 공간
을 되살려오는 연상 작용이라서 시에 두루 적용할 수 있다. 시

간과 공간 영역을 다양하게 넓히며 서정리의 시에서는 추억과 그리움이 담긴 시간들이 서정과 하모니를 이룬다. 한편, 모호한 이미지나 현실참여로 비판의 목소리가 격앙되어 있는 작품과 거리가 멀다는 점도 짚고 넘어가고 싶다. 그래서 순수서정의 감성으로 다가가 일상의 매너리즘에 파김치가 된 현대인들의 심신을 힐링하는 효과를 준다.

이런 삶의 지혜를 터득하기까지 얼마나 많은 점철과 사유가 따랐을지. 그러고 보면 세상에 그냥 이루어지는 것은 없다. 소설가 헤밍웨이는 날마다 사색하고 연필 열 자루가 닳도록 글을 썼다고 한다. 그는 『오후의 죽음』이란 소설에서 이렇게 썼다. "서둔다고 빨리 배워지지 않는 것들이 있다. 우리에게 있는 것은 시간이지만 그것을 터득하기 위해서는 듬뿍 시간을 소비해야 한다. 이 조그마한 지혜는 매우 귀중하며 인간이 남기고 가야 하는 유산이 된다."며 피력하고 있다. 그만큼 생의 지혜는 나이테를 넉넉하게 지닌 사람들의 공들인 시간에서 우러나오리라. 날마다 연필 열 자루를 닳게 써서 헤밍웨이가 일가견을 이루었듯이 글은 머리로 쓰는 것이 아니라 엉덩이를 붙이고 손끝으로 쓰는 노동이라는 생각이 든다. 필력도 손끝에서 나오며 영감이 달라붙어야 사람의 영혼을 움직이는 좋은 글이 탄생하는 것이다. 오래 인고하며 노력한 시간이 새삼 중요하게 느껴진다.

시간의 물줄기가 서정리의 시편에서는 향수에 젖어 회돌아가고 있다. 살면서 쉴만한 물가의 시절은 언제였나. 강물이 고

갈하거나 넘친 적은 또 어떠했나. 시를 읽으며 상상의 물무늬
가 흘러간다. 추억이 쌓일수록 유장한 세월의 결도 반짝인다.
어느새 아스라한 느낌. 부드럽게 쓸려갔다가 다가오는 물결
이 점점 커진다. 시를 쓴다는 것은 어쩌면 이렇게 시간의 저편
에 있는 '나'의 흔적을 탐색하는 일인지도 모르겠다.

가)
가랑비
기억 저편으로
물젖은 그리움
뚜벅 뚜벅
시간의 문 열고
은은한 꽃잎

—「취암동 길」부분

나)
한 발짝 한 발짝 내딛은
세월의 흔적
어느 결에
나의 잔잔한 무늬 되어
서편
시월이
가만히 노을빛을 끌고갑니다

—「시월애」부분

위의 예시들은 무량한 시간을 담보로 역시 앞서 언급한 그리움과 추억의 감정들을 소환한다. 가)에서는 "은은한 꽃잎"을 떠올리고 나)는 "노을빛"에서 "세월의 흔적"을 연상하고 있다. 빛이 유리창으로 스며들면 눈꺼풀을 깜박이며 까무룩 생각에 잠길 것 같다. "기억 저편으로/ 물젖은 그리움"이라는 표현에서 그림자가 더러 어둡게 겹쳐지기도 한다. 이즈음 시인이 투영된 화자는 현실의 자신을 돌아보며 어떤 문제에 대면할지. 예전에 믿고 지냈던 관계들이 무너진 것은 아닐까. 외로운 심상으로 유추하건대, 기능적이고 형식적인 대인관계인가. 좋은 추억은 향수를 부르고 진정한 인간관계를 되살려주는 힘을 갖고 있을 텐데, 화자는 고독에 잠긴 외딴 섬처럼 느껴진다. 그러나 역발상을 해보면 고독한 시간은 내면의 소리에 귀를 기울이며 재충전을 하는 계기가 된다. 조선 시대의 문인인 김만중, 윤선도, 정약전은 절망의 땅이었던 노도, 보길도, 흑산도에 유배를 가서 빼어난 문학작품을 남기지 않았나. 힘든 순간이 각성과 훌륭한 문장가를 낳은 역사적 사실이 상기된다.

이어지는 시는 묘지에서의 깨어나는 단상을 적고 있다.

넉살 좋은 볕

사뿐히 밟고

진달래 밭에 누우시다

힐끗, 되돌아보며

〈
유언처럼
짤막한 말씀
'앞이 탁 트였네'
그곳으로 가
술 잔 올리다

차례차례
참나무 .밤나무
수염패랭이꽃
쑥꽃
덩굴콩
햇살
바람
무릎
환하게 펼쳐놓고

　　　　　　　　　　　　―「묘지의 꽃」 전문

　살다 보면 누구나 먹먹할 때 있다. 보이지 않는 앞길에 봉착
할 때, 위의 화자처럼 묘지 앞에 서면 오히려 머리가 맑아지
는 경우가 있다. 첨단의 기계문명 속에서 경쟁하며 생활하느
라 우리는 지쳐있다. 온갖 복잡한 소음들, 자동차와 사람이 만
들어 내는 혼잡들이 사라진다면…… 이 시의 화자는 고요 속

에서 무덤을 맞이하고 있다. 이때 느끼는 감정은 차라리 차분함이 아닐지. 3연에 나열된 여러 꽃들을 인간군상으로 읽어도 좋겠다. 새소리가 음악처럼 들리고 둥글게 솟은 봉분과 이를 지키는 주변의 꽃들. 지나가는 바람결에 "무릎"을 "환하게 펼쳐놓"는 상상력은 서정리의 시편이 거듭 그리움과 추억의 시간으로 서정성을 구축하고 있다는 인증이 된다.

　무덤을 마주하면 욕망이 멈춘 순간을 발견하게 될 것이다. 들끓던 내면의 다양한 채색을 마주하게 되고 텅 빈 느낌도 함께 하고 그러다가 하얀 백지상태가 될 것 같다. 문득 가와바타 야스나리의 소설 「설국」의 도입부가 연동적으로 떠오른다. "국경의 긴 터널을 빠져나오자 눈의 고장이었다"는 첫 문장은 이후에 이어지는 이야기를 지배하면서 주인공들의 삶과 죽음과 사랑을 독자에게 각인시킨다. 이 흡입력으로 아름다운 이야기들이 눈이 내리는 것처럼 쏟아지는 것이다. 암흑의 긴 터널을 거쳐 온 인생이라면 위의 시를 더 깊이 이해하리라. 또한 무덤은 베토벤 교향곡 5번 「운명」의 도입부처럼 어떤 끝이 밀어가는 시작이지 영원한 끝은 아니다. 종말에 이르렀을 때 비로소 바닥을 치고 새 출발을 하듯이 힘을 지닌다. 여기서 힘이라고 표현하는 것은 중간과정에서는 잘 파악하지 못하고 놓치는 것들이 끝까지 가봤을 때 깨닫고 발휘되기 때문이다. 지금 어떤 끝이라고 느끼는가. 그렇다면 문학적으로 그것은 시작에 해당한다. 비루하고 무의미한 일상이 시작점이 될 수 있다는 발상은 가히 역설적이다. 자꾸만 바라는 일이 실패하거나

등 떠밀려서 끝에 이르는 마음은 오죽할까. 그런데 어쩌면 이때부터 시가 말문을 여는 시점이다. 생각해 보면 쓸쓸한 일이다. 내 안의 상처를 삶의 힘 내지 시의 힘으로 바꾸는 일은 지난하기 그지없다. 또한 한 방향인 줄 알았던 끝은 여럿으로 나뉘어 갈등하기도 한다. 그러기에 정작 중요한 것은 끝을 어떻게 밀어나가는가의 문제라고 본다.

무덤가에서 화자는 꽃들을 둘러보고 여러 상념에 젖었을 것이다. 홀연 이 묘지가 아름답게 느껴진다. 이 자리에는 텅 빈 충만의 여백이 있다. 여백은 한편으로 결핍의 다른 이름이다. 그런데 아이러니하게도 이 결핍이야말로 살아가는 리비도가 된다는 사실에 주목해 볼 필요가 있다. 결핍이 에너지원이 되어 인간은 희망하고 욕망하기 때문이다. 이 순환논리가 적용이 될 때 기존의 진부한 생각의 틀에서 벗어나야 새롭고 진정성이 있는 글이 탄생한다.

서정리 시인의 멋진 성과를 기대하면서 진심으로 건필을 기원한다.

시로여는세상 시인선 031

달을 배회하다

ⓒ2016 서정리

펴낸날	2016년 3월 29일
지은이	서정리
펴낸이	김병옥

펴낸곳	시로여는세상
등록일	2002년 1월 3일
등록번호	서초 바 00110호
주소	06583 서울시 서초구 사평대로6길 113, 101호(방배동 상지)
편집실	03157 서울시 종로구 종로 19(르메이에르 종로타운) B동 723호
전화	02)394-3999
이메일	2002poem@hanmail.net
블로그	http//blog.daum.net/2002poem

편집 미술	김연숙
제작 공급	토담미디어 02)2271-3335

ISBN 979-89-93541-42-7 03810